Ralf Neubohn

Die Bettsocken vom Weihnachtsmann

Nikolaus und Weihnachten grüßen

Ralf Neubohn

Die Bettsocken vom Weihnachtsmann

Nikolaus und Weihnachten grüßen

Bibliografische Information der Deutschen Nationalbibliothek
Die Deutsche Nationalbibliothek verzeichnet diese Publikation
in der Deutschen Nationalbibliografie;
detaillierte bibliografische Daten sind im Internet
über www.dnb.de abrufbar.

Herstellung und Verlag: BoD – Books on Demand, Norderstedt

ISBN: 978-3-7519-0711-8

Dieses Buch ist meinen Lesern gewidmet.

Was wäre ich ohne Euch?

Inhalt

Vorwort

Liebe Leser,

das Leben von uns Autoren ist manchmal sehr seltsam. Um zu bestimmten Ereignissen ein Buch rechtzeitig fertig zu bekommen, müssen wir es in einer ganz anderen Jahreszeit schreiben.

Z.B. schrieb ich im Winter 2018 meine Gartenschaubücher für Sommer 2019. Eine schwierige Sache, wenn mitten im Winter das Gartenschaugelände kahl und leer vor einem liegt. Im Gegensatz dazu musste ich meine Weihnachtsbücher mitten im heißen Sommer schreiben. Zu einer Jahreszeit also, in der das Freibad oder der Biergarten lockt, entstanden die Weihnachtsgeschichten.

Wir Autoren leben also oft in der einen Jahreszeit und schreiben schon für die übernächste. Auch hier war es so.

Ich hoffe, Sie werden an meinen Geschichten viel Freude haben und bei Gelegenheit mal wieder in eines meiner Bücher hereinschauen.

Viel Spaß beim Lesen,

Ihr Ralf Neubohn

Einführung

Ich habe schon viele Abenteuer mit Terry, Berta Babbelbergle und Ludwig P. Lesi-Les erlebt. Eines aufregender als das andere.

So, dass es mir stets schwerfällt, welche der vielen gemeinsamen Erlebnisse ich für meine Bücher auswählen soll.

Denn jedes meiner Bücher in denen ich von ihnen berichte, ist nur eine kleine Auswahl aus einem Autorenleben voller Abenteuer.

Hoffentlich haben Sie an den heutigen Berichten aus unserem Autorenleben so viel Freude wie wir selbst.

Viel Spaß beim Lesen wünschen wir Ihnen allen, bis bald?

Ihr Ralf Neubohn

Das Rätsel

Ludwig P. Lesi-Les rätselte seit Jahren, was der Nikolaus wohl alles in seinem Sack trug. Endlich beschloss Ludwig, dieses Rätsel zu lösen.

Er verfolgte stundenlang den Nikolaus und beobachtete gebannt, wie dieser mit viel Mühe sich nach jedem Besuch den schweren Sack wieder auf die Schulter warf. Bei diesem Gewicht mussten Massen von Leckereien drin sein!

Als der Nikolaus mal Pause machte und zahlreiche Schokoladen aß, schlich sich Ludwig an den Sack. Gleich würde das Geheimnis gelüftet werden, was dieser schwere Sack enthielt. Neugierig griff er hinein und hielt…ein weißes Kaninchen in der Hand. „Nanu", überlegte Ludwig. „Ich dachte, Kaninchen kommen beim Zauberer aus dem Zylinder? Was machen die aber jetzt im Sack vom Nikolaus?"

Das noch größere Rätsel

Berta Babbelbergle verfolgte den Weihnachtsmann, dessen schwerer Sack noch größer und gewichtiger aussah, als der vom Nikolaus. Gigantisch! Was wohl alles drin lag? Bücher? Essen? Spiele?

Ächzend lief der Weihnachtsmann über die Dächer, pausenlos von Berta verfolgt.

Als der Weihnachtsmann eine Pause machte und mit seinen Rentieren Karten spielte, schlich sich Berta an den Sack, griff hinein und…schrie schmerzerfüllt auf!

Etwas hatte sie zuerst gekratzt und dann auch noch gebissen! Arme Berta. Aber bekanntlich muss Neugier leiden.

Aus dem Sack sprang eine schwarze Katze.

„Aha", dachte Berta. „Die Katze ist aus dem Sack. Warum schleppt der Weihnachtsmann bloß eine schwarze Katze mit sich rum?"

Voller Schmerzen kühlte sie ihre verletzte Hand im Schnee.

Dies Ereignis bestätigt eine alte Weisheit: Schwarze Katzen bringen Unglück!

Das Geschenk

Ludwig P. Lesi-Les saß gespannt im Wohnzimmer, voller Neugier, was ihm der Weihnachtsmann bringen würde. Natürlich wünschte er sich nur realistische Kleinigkeiten, die der Weihnachtsmann locker bringen konnte.

Oben auf Ludwigs Wunschliste stand ein Porsche, mit dem er dann bei seinem Buchverleger stilgerecht vorfahren wollte. Aber notfalls würde ihn auch ein zweimonatiger Urlaub in der Karibik gefallen oder eine First Class Reise um die Welt. Mit was würde ihn der Weihnachtsmann erfreuen?

Vorsichtshalber sah er zum Fenster raus, ob sein Porsche schon vor dem Haus parkte. Nein, leider nicht. Vielleicht lag aber schon sein Reiseticket in den aufgehängten Socken? Nein, auch nicht! Ludwigs Unruhe nahm zu, während die Nacht voranschritt. Wieso kam der Weihnachtsmann nicht, um einen seiner kleinen Wünsche zu erfüllen? Die Wünsche waren doch bescheiden genug.

Vergeblich wartend schlief er ein, dieses Jahr gab es für ihn kein Geschenk. Das lag nicht an seinen Wünschen. Der Weihnachtsmann hatte das Ticket für die Weltreise dabei. Doch als dieser es vorbeibringen wollte, stach ihm auf Ludwigs Grundstück ein großes Schild ins Auge: „Betreten verboten!", woran sich der Weihnachtsmann als braver Bürger hielt. Pech, für den armen Ludwig, der so um seine Weltreise kam.

Stattdessen reiste der völlig überraschte Terry um die Welt, der sich zu Weihnachten eigentlich nur eine Stadtrundfahrt in seiner Heimatstadt wünschte.
So kann es einem gehen! Glückwunsch dazu!

Modern

Der Nikolaus sah dem Weihnachtsmann mit seinem Rentierschlitten nach.

Er dachte: „Als es früher noch viel Schnee gab, brauchte man Rentiere, um durch den tiefen Schnee zu kommen. Bei dem wenigen Schnee heutzutage würden auch Dackel als Zugtiere reichen. Vielleicht sogar Rehpinscher. Wenn ich es richtig bedenke: Ein solarbetriebener Weihnachtsschlitten oder zumindest ein Elektroschlitten wäre wohl besser.

Denn wenn der Weihnachtsmann mit seinen Rentieren zeitweise durch den Himmel fliegt, kann es für Fußgänger auf der Erde böse Überraschungen geben. Schließlich müssen die Rentiere auch mal! Na ja, der Weihnachtsmann ist halt sehr alt und alte Leute passen sich nicht den modernen Zeiten an. Sie gehen nicht so mit der Zeit wie ich."

Schloss der Nikolaus seinen Gedankengang ab und spannte wie seit Jahrhunderten dieselben Zugtiere vor seinen uralten Schlitten.

Das passende Geschenk

Ludwig P. Lesi-Les und Berta Babbelbergle trafen einmal auf der Straße Ralf Neubohn. Sie unterhielten sich eine Weile mit ihm und begannen dann sich zu beklagen: „Ach, morgen ist Nikolaus, da gibt es wieder Schokolade. Und wir wollen doch abnehmen. Und immer nach dem Naschen diese klebrigen Finger! Wir hätten zum Nikolaus gerne mal was, wo man hinterher keine klebrigen Finger hat. Überhaupt wäre mal was anderes schön, etwas wo zu uns passt."

Am Nikolausmorgen riefen die beiden: „Autsch!", als sie in ihre Stiefel griffen. Denn beide hatten bekommen, was sie wollten: etwas nicht Klebriges, was zu ihnen passte. Einen extra stachligen Kaktus. Frustriert schauten sie auf die Stacheln in ihren Fingern. Es sprach doch einiges für die alte Tradition mit Schokolade zum Nikolaus!

Schlaflose Nacht

Terry lag wach im Bett. Vor Aufregung konnte er nicht schlafen. Was ihm der Nikolaus wohl bringen würde?

Um endlich einschlafen zu können, begann er Schafe zu zählen. Viele, viele Schafe.

Mitten in der Nacht zählte er: „2998, 2999, 3000..."

Da rief das gerade springende Schaf: „Sag mal, wie lange sollen wir für Dich noch über diese blöde Hürde springen? Uns tun schon die Pfoten und Hüften weh! Entweder Du schläfst jetzt ein oder gehst ENDLICH Deine ollen Geschenke anschauen. Der Nikolaus war schon vor 3 Stunden da!"

Aufgeregt sprang Terry aus dem Bett und eilte ins Wohnzimmer. Lagen in seinen aufgehängten Socken leckere Kekse? Schokolade? Oder andere Süßigkeiten?

Voller Vorfreude griff Terry in die Socken und fand....

eine CD mit Gute Nacht Liedern!

Das Weihnachtsgebäck

Die Weihnachtsfrau stellte das Backblech mit den gebackenen Keksen zum Auskühlen aufs Fensterbrett.

Sie bereitete schon 1 Tag vor Weihnachten alles vor, um nicht in Stress zu kommen.

Flott schritt sie ins Wohnzimmer, um den Tannenbaum zu schmücken. Als Überraschung für ihren Mann dekorierte sie diesen mit echten Engelshaar, welches sie vom Himmelsfriseur erhielt.

Als die Weihnachtsfrau danach in die Küche zurückeilte, traf sie fast der Schlag! Alle Kekse waren verschwunden!

Vor dem Fenster döste der Weihnachtsmann in der Sonne, die Rentiere spielten Karten und eine große Eule saß auf einem Baum.

„Wer von Euch hat die Kekse gegessen?", rief die Weihnachtsfrau erbost. Alle schauten ganz betont unschuldig drein und fragten: „Kekse? Welche Kekse? Wir wissen von nichts!"

Streng wurden alle verhört, jemand musste doch etwas gesehen haben! Doch überzeugend leugneten alle. Der Weihnachtsfrau kamen schon zweifel, ob die Kekse nicht der Katze zum Opfer fielen. Da hörte sie ein sehr lautes Rülpsen. Also doch jemand von denen da draußen! Der Weihnachtsmann spürte, dass er gleich einen zweiten Keksrülpser folgen lassen musste. Dann würde er was erleben. Wie konnte dies bloß vermieden werden? Da machten die Rentiere gleichzeitig einen lauten Kollektivrülpser und retten so den Hausfrieden.

Als seine Frau vom Fenster wieder verschwand, sagte der Weihnachtsmann zu den Rentieren: „Danke Kumpels, das war echt nett von Euch!"

Diese antworteten: „Boss, wir Männer müssen doch zusammenhalten!"

Im Garten

Der Nikolaus bummelte durch den Garten und sah eine Weile seinen Alpakas beim Kartenspielen zu. Diese spielten am liebsten mit schönen Alpakafräuleins Karten um einen Kuss oder Ähnliches.

Der Nikolaus setzte sich in eine Laube und las Ralf Neubohns Enthüllungsbuch: „Die Alpakas vom Nikolaus."

Woher nahm Neubohn nur dieses Insiderwissen?

Während der Nikolaus weiter überlegte, huschte das ihm gegenüberliegende Gebüsch zu seinen Alpakas hinüber. In dem transportablen Gebüsch steckte Ralf Neubohn und machte sich Aufzeichnungen für sein Buch: „Weihnachten mit dem literarischen Kleeblatt."

Für die Leser seiner Enthüllungsbücher scheute Neubohn kein Risiko. Wehe, wenn er mal nicht aufpasste!

Überraschung

Berta Babbelbergle freute sich über den vielen Schnee draußen. Der passte so gut zu Weihnachten. Einfach idyllisch! Geradezu himmlisch! Und noch immer schneite es weiter. Da sah sie im dichtesten Schneegestöber den Weihnachtsmann auf sich zukommen, auf seinem Rücken den Sack voller Geschenke.

Der Schock traf sie tief. An ihr lief nicht der Weihnachtsmann vorbei, sondern der Yeti, mit einem geraubten Schaf über dem Rücken.

„Ach", seufzte Berta. „Weihnachten ist auch nicht mehr, was es mal war."

Vertretung

An einem Weihnachtsabend konnte der Weihnachtsmann beim besten Willen nicht mit seinem Schlitten starten. Bildlich gesprochen hatte er einen Platten. In seinem Fall hieß es: Eine Schlittenkufe war zerbrochen. Wie sollten nun die Geschenke an die vielen Kinder verteilt werden, die bereits warteten?

Die Zeit drängte, aber ihm kam keine rettende Idee. Den Osterhasen wollte der Weihnachtsmann nicht wieder als Vertretung nehmen. Aber wen dann?

In dieser Kälte hielt niemand lange durch. Außer Eisbären. Sollten vielleicht Eisbären die Geschenke bringen? Aber was, wenn diese gerade einen Bärenhunger hatten? Vielleicht sogar wörtlich auf einen Kinderteller? Nein, Eisbären kamen nicht in Frage. Zu gefährlich. Pinguine? Pinguine gehörten zu den harmlosen Tieren. Aber sie watschelten zu langsam, sie würden nicht rechtzeitig fertig werden.

Wie wäre es stattdessen mit Condoren? Aber wie sollten die heimlich in die Häuser eindringen? Für sowas eigneten sich nur kleine, flinke Tiere. Etwa Tiger? Ach, lieber NOCH kleiner. Angorahäschen! Das war es! Klein, flink und durch das dichte Fell vor Kälte geschützt! Sie retteten dann auch wirklich Weihnachten und sind seitdem aus Dank eines unserer liebsten Haustiere.

Verblüffende Ähnlichkeit

Eines Abends erwachte der Osterhase von heftigen Magenschmerzen geplagt. Er hatte mit seinen Freunden zu viel Karottenkuchen gegessen. Immer am 24.12. gab es das traditionelle Fest: „Lasst es uns schwören, wir essen nur noch Möhren!"

Um seine Verdauung zu fördern, ging der Osterhase etwas im Schnee spazieren. Über den Baumwipfeln hörte er leichtes Glöckchengeläut, der Weihnachtsmann flog in seinem Schlitten durch die Lüfte. „Ho, ho, ho!", schallte es noch lange nach.

„Alter Angeber!", dachte der Osterhase. „Was der kann, das schaffe ich doch mit Links." Diese Gedanken brachten ihn auf den Plan, nächstes Jahr zu Ostern nicht versteckt durch die Gärten zu hoppeln, sondern so eindrucksvoll wie der Weihnachtsmann zu erscheinen! So richtig pompös!

Die Wochen bis zu Ostern vergingen sehr geschäftig und geheimnisvoll. Mysteriöse Botschaften mit anderen Tieren wurden gewechselt, große Materialtransporter hielten vor der Höhle des Osterhasen. Gespannt beobachteten die Tiere des Waldes diese Vorbereitungen. Wie würde diese Ostern wohl werden? Neues, sensationelles lag in der Luft. An Ostern rieben sich Tiere und Menschen die Augen. Viele glaubten betrunken zu sein.

Durch die Luft flog eine riesige Möhre, auf welcher der Osterhase ritt. Gezogen wurde diese Möhre von 12 Häschen. Eines davon besaß eine rote Nase und hieß Rudolf von Mümmelöhrchen.

Vom Schlitten herab warf der Osterhase die Ostereier in Richtung der Gebüsche. Damit sie beim Aufprall nicht kaputt gingen, segelten die Eier mit kleinen Fallschirmen herab. Dies alles sah der Weihnachtsmann aus seinem Försterhäuschen und sprach zu seiner Frau: „Na, sowas! Soll ich jetzt vielleicht zu Weihnachten durch die Gebüsche hoppeln?"

Seine Frau sah vielsagend sein Bäuchlein an: „Lieber nicht! Es geht ja auch gar nicht. Nicht wegen Dir, Du würdest Marathon Hoppeln problemlos schaffen. Aber die Rentiere brauchen ja schließlich auch ihre jährliche Bewegung."

Zufrieden schmunzelnd gingen sie in den Garten ihre Ostereier suchen und hörten noch lange den Nachhall von des Osterhasen: „Hui!", und den leisen Klang der Geschirrglöckchen der 12 Hasen, sowie ein „Hatschi!" von Rudolf von Mümmelöhrchen. Wenn also auch Sie zu Ostern eine gigantische Möhre sehen, wissen Sie: Gleich regnet es Ostereier!

Wo kommen die Ostereier her?

Fragen sich viele Menschen. Das ist ganz einfach. In Waiblingen vor den Remsterrassen liegen 2 miteinander verbundene Inseln. Die Weihnachtsinsel auf welcher der Weihnachtsmann lebt und die Osterinsel des Osterhasen. Auf beiden werden in unterirdischen, gigantischen Lagerhallen die jeweiligen Geschenke gelagert und von ehrenamtlichen Helfern verschönert.

Auf der Osterinsel helfen viele Tiere dem Osterhasen bei seiner Arbeit. Riesige Götzenstatuen schrecken Besucher vom Betreten der Osterinsel ab. So weiß bis heute niemand, dass es dort riesige Hühnerfarmen gibt, welche den jährlichen Eiervorrat fürs Osterfest legen.

Die Eier werden von Eichhörnchen und anderen Tieren flink in kleine Kutschen geladen, welche von Rehen in die unterirdischen Lagerhallen gezogen werden. Dort werden sie im Eingangsbereich von Wichteln bemalt, zum Trocknen unter eine Höhensonne gelegt und dann sorgfältig bis Ostern in Regalen gelagert.

Der Osterhase hoppelt hin und her und beaufsichtigt diese Arbeiten, die keineswegs ohne Pannen ablaufen. Nach Ostern ist der arme Hase nervlich erschöpft, überall sind von ungeschickten Helfern Farbflecken, kaputte Eier auf dem Boden und gebrochene Räder von überladenen Kutschen.

Zur Erholung seiner Nerven besucht der Osterhase dann den Weihnachtsmann auf dessen Insel zum Skifahren. Von den hohen Eisgletschern der Weihnachtsinsel sausen sie dann schnell ins Tal. Von der rasanten Skifahrt her entstand der Ausdruck: „Ein flotter Hase."

Noch eine Überraschung

Letztes Weihnachten saß die Autorin Berta Babbelbergle gemütlich vor dem Kamin, die Füße zum Feuer ausgestreckt. Neben Berta lag zufrieden dösend ihr irischer Wolfshund, während sie das einzig geistig wertvolle Buch las, welches sie kannte. Natürlich ihr eigenes. Bücher anderer Leute las sie nie.

Mitten in diese behagliche Idylle erklang ein lautes krachen, scheppern und ein schmerzvolles „Autsch!" Der Weihnachtsmann kam durch den Kamin und landete mitten im Kaminfeuer. Der Arme! Vor sich hinrauchend überreichte er Berta ihr Weihnachtsgeschenk und eilte raus, um sich bestimmte verschmorte Stellen abzukühlen. „So fühlt sich also ein Schmorbraten!", dachte er wütend.

Der Wolfshund wollte ihn verfolgen und in die rote Knubbelnase beißen. Doch dann erkannte er den alljährlichen Eindringling und ließ von einer Verfolgung ab.

Inzwischen öffnete Berta erwartungsvoll das Geschenk. Was es wohl Schönes gab? Etwa ihren neuesten Gedichtband? Extra kurz vor Weihnachten von ihrem bemitleidenswerten Verlag veröffentlicht. Aber was war das? Ein Buch von einem anderen Autor? Wie konnte der Weihnachtsmann das wagen? Da durchzuckte sie ein noch größerer Schock. Denn sie hielt das neueste Werk von Ludwig P. Lesi-Les in der Hand. Entsetzt warf sie das Unwerk von sich und eilte dem Weihnachtsmann nach, um ihn in die freche Knubbelnase zu beißen. Leider fand sie ihn nicht mehr. Zurück zu Hause überlegte Berta, warum der Weihnachtsmann Bücher ihres leider, leider erfolgreichen Kollegen verschenkte. Da kam ihr der Gedanke: „Vermutlich ist Ludwig nur deshalb so erfolgreich, weil der Weihnachtsmann seine Bücher verschenkt."

Doch warum verschenkte dieser überhaupt diese langweiligen Bücher? Damit die von Weihnachten aufgeregten Kinder beim Lesen vor Langeweile einschliefen? Da kam ihr eine andere Idee: Vielleicht war es gar nicht der Weihnachtsmann, der Ludwigs Bücher verschenkte, sondern der verkleidete Ludwig selbst? Welch raffinierte Idee! Schade, dass sie nicht selber darauf kam, ihre Bücher so unters Volk zu bringen. Dafür war es nun zu spät. Zu spät? Eigentlich nicht. Zu Ostern hoppelte Berta als Osterhase verkleidet durch die Gärten und versteckte ihre Bücher. Auch bei Ludwig P. Lesi-Les. Dieser suchte voller Vorfreude Ostereier in seinem Garten und schrie plötzlich angeekelt auf: „Igitt, ein Buch von der langweiligen Berta Babbelbergle! Was hat sich bloß der Osterhase dabei gedacht? Ist das als ein Schlafmittel für heute Abend gedacht?"

Können Osterhasen fliegen?

Unruhig wälzte sich der Osterhase in seinem Körbchen. In letzter Zeit fiel ihm das Einschlafen schwer. Seine Frau schlug ihm vor: „Nimm doch endlich ein ökologisches Schlafmittel. Die haben ganz sicher keine Nebenwirkungen." „Ökologisches Schlafmittel?", erkundigte sich der Osterhase. „Ach, so. Du meinst ein Buch von Berta Babbelbergle. Ich bin so wach und rastlos, dass mir ein Buch von Berta bestimmt nicht hilft."

„Probier es", murmelte seine bessere Hälfte müde. Er griff zu einem völlig verstaubten Buch Bertas, auf dem dem schon bloßen Anblick des Buches viele Spinnen und Mäuse eingeschlafen waren.

Der Osterhase las eine halbe Seite und fiel in tiefen Schlaf. Er träumte, wie er über der Erde flog. Zweifellos konnten Hasen fliegen. Denn man kann nur träumen, was es entwicklungsgeschichtlich schon mal gab. Die Gene erinnerten einen daran, sowie eine Art kollektiv Naturgedächtnis.

Am nächsten Tag rannte unser Hase voller Energie über die Wiese, flatterte mit den Armen und hoffte bald abzuheben. Doch es klappte nicht. Die anderen Tiere schüttelten den Kopf. „Fliegende Hasen? Sowas gibt es doch nicht." Doch der Osterhase blieb beharrlich, lief Stunde um Stunde mit den Armen rudernd über die Wiesen. Plötzlich klappte es doch mit dem Fliegen! Seine Freude war groß. Bis er bemerkte, dass er nicht in den Himmel flog, sondern in einen Fuchsbau fiel. Oh, weh! Drinnen sah der Fuchs einen fliegenden Hasensnack auf sich zukommen und freut sich sehr. Fast wie im Traum, wo einem Gänsebraten in den Mund flogen.

Von Panik beherrscht setzte das Denken unseres Mümmlers aus.

Vor Angst begannen seine großen Flauschohren wie Hubschrauber-rotoren sich zu drehen und brachten ihn aus dem Fuchsbau in den Himmel. Hasen konnten also doch fliegen! War doch logisch! Am Himmel traf er den Weihnachtsmann in seinem Schlitten. „Ho, ho, ho", rief dieser. „Ein fliegender Hase! Wollen wir ein Wettrennen machen? Wer zuerst am Nordpol ist, hat gewonnen!" Sofort starteten sie ihr Wettrennen. Sie überholten fliegende Fische, Vögel, Ludwig P. Lesi-Les auf seinem fliegenden Buch, einen Mann auf einem fliegenden Teppich. An Stellen, wo der Himmel frei war, ging der Weihnachtsmann in Führung. An Stellen wo sich im Luftraum viele Flugzeuge drängten, schlängelte sich der Osterhase in Führung. So oder so: Niemand schaffte es, sie beide zu überholen. Dachten sie. Doch plötzlich sauste etwas Raketenhaft an ihnen vorbei. Der Osterhase fragte verblüfft: „Wer kann denn noch schneller als wir sein?" Der Weihnachtsmann meinte nachdenklich: „Es kann nur der Nikolaus sein. Denn der fliegt so schnell, dass kein Mensch ihn je fliegen sah."

Bildung

Für alle Berufsarten gibt es bekanntlich Fortbildungsmaßnahmen, nur für Osterhasen leider nicht.

Doch unseren Osterhasen störte das nicht. Er las einfach Bücher über die Arbeit des Weihnachtsmannes und setzte die Erkenntnisse leicht geändert um. Am liebste las er: „Weihnachten mit dem literarischen Kleeblatt", da dieses Buch auch viele persönliche Geheimnisse des Weihnachtsmannes enthüllte. Es war sozusagen ein Enthüllungsbuch.

Darin stand z.B. Was schenkt der Weihnachtsmann seiner Frau? Wie verbringen die beiden den Weihnachtsabend? Wie konnte es geschehen, dass die Nase von Rudolf dem Rentier einmal nicht Rot war? Und viele wichtige, spannende andere Fragen wurden ebenfalls geklärt.

Im Gegenzug las übrigens der Weihnachtsmann gerne das Buch: „Auf der Suche nach dem verlorenen Osterei" und informierte sich so über die Arbeit des Osterhasen.

Merke: Man lernt nie aus!

Spannungsliteratur

Seit Wochen schrieb Ralf Neubohn an seinem spannenden Weihnachtsbuch: „Weihnachten mit dem literarischen Kleeblatt".

Immer wieder fielen ihm dabei morgens Kekskrümel auf seinen Manuskriptseiten auf. Wo kamen die bloß her?

Eines Nachts wachte er mit einer guten Textidee für sein Buch auf, welche er sofort aufschreiben wollte. Im Wohnungsflur schien ihm aus dem Wohnzimmer Licht entgegen. Einbrecher? Aber die machten doch kein großes Licht an! Seltsam. Aus der Leseecke des Wohnzimmers erklang ein lautes: „Ho, ho, ho!" Vorsichtig spähte Neubohn in das Wohnzimmer. Der Weihnachtsmann hatte es sich dort gemütlich gemacht, trank beim Lesen des Manuskriptes Kaffee und aß dabei Kekse. Seinem Lachen nach, schien ihm das Manuskript zu gefallen. Nun war das Geheimnis gelüftet, woher morgens die Kekskrümel kamen. Der Weihnachtsmann persönlich las das Buch über seine Abenteuer.

Als Neubohn Monate später sein Osterbuch: „Auf der Suche nach dem verlorenen Osterei" schrieb, fielen ihm morgens wieder Krümel in seinem Manuskript auf. Las der Weihnachtsmann nun auch noch das Osterbuch? Hielt der Weihnachtsmann außerhalb des Winters nicht Sommerschlaf?

Tief in der Nacht schlich der Autor zur Tür des Wohnzimmers und linste vorsichtig hinein. Wer raschelte da bloß mit seinem Manuskript herum?

Vor Überraschung blieb Neubohn der Mund offen stehen. Aufgeregt Mohrrüben mümmelnd las der Osterhase das Manuskript mit vor Aufregung zitternden Pfötchen.

Eigentlich sollte das nächste Buch unseres Autors über den Yeti handeln. Doch nachdem seine 2 aktuellen Bücher deren Hauptpersonen anlockten, verzichtete er lieber auf das Yeti Buch. Wer will schon nachts den Yeti in der Wohnung haben?

Neujahrsvorsätze

Ludwig P. Lesi-Les feierte Sylvester im Rahmen eines literarischen Dinners.

Kurz vor Mitternacht fragte er Berta Babbelbergle: „Was sind Deine Vorsätze fürs neue Jahr? Mein Vorsatz ist es, keine langweiligen Bücher mehr zu schreiben."

Berta erwiderte: „Na, das wird Dir aber sehr schwerfallen. Mein Vorsatz fürs neue Jahr ist es, nicht mehr so viel zu reden."

Ludwig sah sie sehr zweifelnd an, sagte aber nichts.

Um 0.10 Uhr zog sich Ludwig in ein ruhiges Zimmer zurück und schrieb einen seiner langweiligsten Romane.

Berta sah auf der Party Ralf Neubohn, eilte zu ihm und schwätzte den armen Kerl bis 8.00 Uhr morgens die Ohren voll.

Ach, was für ein neues Jahr! So ganz anders!

Strafe muss sein

Ludwig P. Lesi-Les und Terry schäumten vor Wut. Soeben hatten sie in der Zeitung eine besonders bösartige Kritik ihrer neuesten Bücher gelesen.

„Der Kritikerin sollte man ihren Gänsehals umdrehen", schäumte Ludwig.

„Aber wie?", frage Terry. „Sie versteckt sich ja hinter einem Pseudonym. Wir haben keine Chance ihren richtigen Namen rauszufinden."

„Das nicht", meinte Ludwig. „Aber irgendwie wird man sie doch bestrafen können."

Tage später fiel ihnen die perfekte Rache ein. Sie schrieben unter dem Pseudonym der Kritikerin einen Zeitungsartikel, der die Arbeit des Nikolauses kritisierte.

Am Nikolaustag ereilte die Kritikerin die Strafe für ihren vermeintlichen Anti-Nikolausartikel. Knecht Ruprecht versohlte sie zuerst mit der Rute und anschließend zwang der Nikolaus sie, Berta Babbelbergles Buch: „Meine Babbligsten Babbeleien" zu lesen.

Dies lies die Kritikerin mehr leiden, als die Prügel mit der Rute. Die Arme!

Weihnachtsfeier

Berta Babbelbergle hasste es, bei der Autorenweihnachtsfeier immer als die Dümmste dazustehen. Alle konnten mehr Lieder auswendig und waren bei allen Spielen geschickter.

Jedes Jahr gab sie sich viel Mühe, um nicht wie immer die Ungeschickteste zu sein.

Vergeblich!

Doch in diesem Jahr schaffte Berta es tatsächlich, im Mittelfeld zu landen. Und das, obwohl sie keineswegs mehr Bildung als früher besaß.

Woran lag das bloß? Glück? Keineswegs. Schlauerweise lud sie ein paar ihrer unterbelichtetsten Freundinnen zur Feier ein, welche dann stellvertretend für Berta die letzten Plätze belegten.

Merke: Wer schlau wirken will, umgebe sich am besten mit noch Dümmeren.

Auswahl?

Der Weihnachtsmann sah die Buchneuerscheinungen durch. Welche davon eigneten sich als Geschenk? Das Buch von Doris Dittlinde Dromedarlinchen? Oder das von Karmila Kamilile? Irgendwie sprach ihn davon nichts besonders an. Wie wäre es stattdessen mit Ingelby Igittchen? Allein schon der Name weckte nicht gerade viel Zuversicht zu dem Buch.

Ächzend setzte sich der Weihnachtsmann im Sofa zurecht. Sein Rheuma macht ihm schwer zu schaffen. Vielleicht wählte er deshalb Bücher von Ralphus Rheumaticuslinchen als Weihnachtsgeschenke für dieses Jahr. Dieser schrieb ja bekanntlich unter dem Pseudonym: Ralf Neubohn.

Wohl bekomm's!

Der Streit

Auf einem Fortbildungstreffen sprachen der Osterhase, der Nikolaus und der Weihnachtsmann darüber, welches wohl das beliebteste Jahresfest war.

Natürlich hielt jeder sein eigenes Fest für das beliebteste, wie es so üblich ist.

„Ostern, pah! Nur Weihnachten ist schön!"

„Ach, was. Alle Kinder lieben den Nikolaus am meisten!"

„Die schönste Jahreszeit und somit das schönste Fest ist natürlich Ostern!"

Zunehmend erhitzten sich die Gemüter.

Niemand wollte die Feste der jeweils anderen gelten lassen.

„Was soll denn Ostern? Nicht jeder mag Eier!"

„Pah, wer glaubt denn schon an den Weihnachtsmann!"

„Von den vielen Süßigkeiten zu Nikolaus wird man dick!"

Da sahen sie zufällig eine Schlagzeile in der Zeitung: „Das beliebteste Fest ist Silvester!"

Sofort schlossen die drei eine gemeinsame Front gegen Silvester:

„Wer mag schon den Gestank und die Knallerei vom Feuerwerk?"

„Silvester ist eine reine Umweltverschmutzung!"

„Wie schön und umweltfreundlich sind doch unsere drei Feste im Gegensatz zu Silvester!"

Eine Silvesterrakete hoch am Himmel dachte: „Ihr habt doch alle keine Ahnung! Nur Silvester ist so richtig schön!"

Weihnachtsmusik

Als in längst vergangener Urzeit, also gestern, der Weihnachtsmann seine Runde drehte, dachte er an die Vorteile von früher.

Damals sagten die Kinder noch Gedichte unter dem Tannenbaum auf und die Familien sangen Weihnachtslieder. Damals war es viel schöner. Sein Rentier Rudolf sagte ihm: „Du wirst langsam vergesslich. Ich weiß noch sehr genau, wie wir beide uns seinerzeit über die Weihnachtsfeiern beklagten. Von wegen schön! Die Kinder blieben bei den Weihnachtsgedichten so lange stecken, bis sich jeder einzelne Besucher wünschte, die Feier ginge endlich zu Ende! Und das furchtbare Singen erst! Das reine Gekreische! Nur wenige Familien sangen schön! Da ist mir die Musik aus dem Radio oder dem CD-Player viel lieber!"

Sentimental wie viele alte Leute nickte der Weihnachtsmann mit dem Kopf und begann von vorn: „Ach, die alten Zeiten..."

Erbost drehte Rudolf den mobilen CD-Player auf volle Lautstärke und rief begeistert zur Weihnachtsmusik von dort: „Wunderbar!"

Besonders schlau

Die Weihnachtsfrau sagte zu ihrem Mann: „Hubert, Du musst dir endlich neue Bettsöckchen kaufen! Diese alten sind ja schon voller Löcher!"

Der Weihnachtsmann erwiderte: „Aber so schöne Socken bekommt man heute sicher nirgends mehr! Obwohl sie so klein sind, befinden sich darauf so viele schöne Bilder zur Weihnachtszeit! Es sind meine Lieblingssocken, vor allem wegen der Rentiere darauf!"

Erbost meinte seine Frau: „Du und Deine Rentiere! Die Socken kannst Du jedenfalls nicht mehr anziehen! Stell Dir doch mal vor, wie du zu Weihnachten diese alten Socken über den Kamin aufhängst und durch die vielen Löcher fallen Deine Geschenke ins Kaminfeuer!"

Das saß! Der Weihnachtsmann liebte Geschenke, weswegen er ja auch allen Menschen welche brachte. Sofort eilte er in verschiedene Läden, um sich neue Socken zu kaufen. Dort gab es viele nette, kleine Söckchen mit Bildern von Rentieren und Schnee. Obwohl es seine Lieblingsbilder waren, landeten ganz andere Socken in seinem Einkaufskorb.

Daheim fragte seine Frau erstaunt: „ Aber da sind ja keine Weihnachtsbilder darauf! Und warum hast Du derartig lange Kniestrümpfe gekauft, statt kleiner Bettsocken?"

Der Weihnachtsmann schmunzelte: „Weil in diese langen Wanderkniestrümpfe viel mehr Geschenke passen. Außerdem sind diese Strümpfe für Wanderer besonders robust. Da fällt nichts in den Kamin."

Die Bettsocken vom Weihnachtsmann

Der Weihnachtsmann flog mit seinem Schlitten durch die Luft und brachte den Menschen ihre Geschenke.

Während der Arbeit ging ihm ein Gedanke durch den Kopf, was würde er selber dieses Jahr wohl bekommen? Und wer brachte ihm wohl die Weihnachtsgeschenke? Seine Frau? Der Nikolaus? Rätselhaft! Bei seiner Rückkehr lagen stets schöne Geschenke in den Bettsocken, die er am Kamin aufgehängt hatte.

Ob ihm das Rentier Rudolf wohl die Geschenke brachte? Nein, das flog ja gerade mit ihm zusammen durch die Luft. Seltsam. Gab es vielleicht zwei Weihnachtsmänner?

Bei der Rückkehr eilte er sofort ins Wohnzimmer, wo ihn seine Frau schon erwartete. Sie begrüßten sich liebevoll, bevor der Weihnachtsmann zu seinen aufgehängten Socken ging. In diesen lagen farbige Ostereier, Schokohasen und eine angenagte Mohrrübe. Lange grübelte der Weihnachtsmann vergeblich darüber, wer wohl ihm die Geschenke brachte. Während dessen zwinkerte seine Frau dem Osterhasen zu, der mit einem leisen „Hi, hi!" heimlich aus seinem Versteck hinterm Sofa davon hoppelte.

Berta, Ludwig & Co

Für Leser die wissen wollen, was Berta und Ludwig sonst so alles erlebt und erlitten haben, sei auf „Weihnachten mit dem literarischen Kleeblatt", „Auf der Suche nach dem verlorenen Osterei", „Weihnachten und Silvester mit Flammenfeder", „Vorhang auf für Nikolaus, Weihnachten und Ferien", „Bühne frei für Fasching und Halloween", „Die Alpakas vom Nikolaus", „Die Bettsocken vom Weihnachtsmann"und „Gartenschau Magie" hingewiesen.

Ihr 1. Abenteuer erschien in: „Die Gartenschau Im Rampenlicht." Es war sehr aufregend!

Ralf Neubohns Abenteuer als Autor sind u.a. in: „Im Tal der Autoren", „Alle Autoren an Bord", „Die zauberhaften Altbohns", „Erinnerungen eines vergesslichen" usw.

Da viele Leser immer wieder nach einer Übersicht meiner lieferbaren Werke fragen, hier nun ein Teil der über den Buchhandel erhältlichen Titel. Alle kann ich hier nicht auflisten, weil es einfach zuviel ist, was es an Büchern von mir als Autor und Herausgeber gibt.

Gedichte

„Hier und Jetzt"

„Lyrik – muß das sein?"

„Frisch gewagt"

Gedichte und Kurzgeschichten

„Die zauberhaften Altbohns"

Bücher mit schwarzen Humor Gedichten

„Abra Makabra Schlimmsalabim"

„Die Gartenschau-Morde"

„Tod auf dem Kaktus"

„Neues vom 1. April"

Kurzkrimis

„Abschied ist nicht nur ein bisschen wie Sterben"

„Mörderisch gut"

„Kriminelle Energie"

„Neubohns Krimihäppchen"

Gartenschau Trilogie

„Flammenfeder live von der Gartenschau"

„Gartenschau Phantasie"

„Herzlich willkommen Gartenschau"

„Galaabend für die Gartenschau"

„Abschiedsvorstellung für die Gartenschau"

„Die Gartenschau-Morde"

„Tod auf dem Kaktus"

„Neues vom 1. April"

„Gartenschau Magie"

„Die Gartenschau im Rampenlicht"

Heiteres aus dem Autorenleben

„Im Tal der Autoren"

„Alle Autoren an Bord"

„Terry ein Schotte in Schwaben"

„Erinnerungen eines vergesslichen"

„Die zauberhaften Altbohns"

Sciende Fiction/ Fantasy

„Sam Space"

Jahresfeste

„Weihnachten mit dem literarischen Kleeblatt"

„Auf der Suche nach dem verlorenen Osterei"

„Weihnachten und Silvester mit Flammenfeder"

„Vorhang auf für Nikolaus, Weihnachten und Ferien"

„Bühne frei für Fasching und Halloween"

„Die Alpakas vom Nikolaus"

„Die Bettsocken vom Weihnachtsmann"

Weitere Bücher von mir liste ich einem der nächsten Bücher von mir auf, sonst wird es heute ein bisschen zu viel.

Ich möchte noch darauf hinweisen, dass Bücher bei einigen Verlagen nicht unbegrenzte Zeit lieferbar sind. Wenn Bücher bereits lange auf dem Markt sind bzw. wenn es von diesen schon mehrere Auflagen gab, werden dann oft keine Auflagen davon mehr gedruckt.

Diese Bücher sind dann also irgendwann nicht mehr lieferbar. Daher kann ich nur dringend empfehlen, Bücher die Sie interessieren, rechtzeitig über Ihre Buchhandlung zu bestellen.

Bereits schon jetzt gibt es sehr viele Bücher von mir nicht mehr, die ich deshalb hier erst gar nicht aufgelistet habe.

Auch viele Bücher in denen wunderbare Texte von Carmen Neubohn sind, gibt es nicht mehr. Derzeit noch lieferbar:

„Die zauberhaften Altbohns"

„Frisch gewagt"

„Gartenschau Magie"

„Weihnachten mit dem literarischen Kleeblatt"

„Herzlich Willkommen Gartenschau"

„Weihnachten und Silvester mit Flammenfeder"

Über den Autor Ralf Neubohn:

Ralf Neubohn hat bereits zahlreiche Bücher geschrieben bzw. herausgegeben und ist einem breiten Publikum durch regelmäßige Lesungen bekannt.

Er hat auch einen Literaturpreis gestiftet. Den „Neuen Literaturpreis Remstal".

Neubohn schreibt Krimis, Lyrik, heitere Romane und Kurzgeschichten.

Sein Kurzkrimiband „Neubohns Krimihäppchen" kommt bei den Lesungen immer besonders gut an.

Nachwort

Liebe Leser,

Sie sind nun an das Ende meines kleinen Büchleins gekommen. Ich hoffe, Sie gut und abwechslungsreich unterhalten zu haben.

Falls Sie beim Lesen auf den Geschmack gekommen sind, so gibt es von mir viele weitere schöne Bücher zum selber Genießen oder als originelles Geschenk für andere. Etwa zu Ostern, Weihnachten und Geburtstagen.

Mit freundlichen Grüßen und hoffentlich bis bald!

Ihr Ralf Neubohn

Lesetipp:

Ralf Neubohn, Carmen Neubohn und Michael Kerawalla: „Weihnachten mit dem literarischen Kleeblatt"

Die folgenden Textproben sind von Ralf Neubohn:

Besinnlichkeit

Besinnlich saß Hubert am Kaminfeuer, las Ralf Neubohns witzige Gartenschaubücher und ließ sich den warmen Tee gefallen. Vor dem Kamin räkelten sich ein paar Hunde und aus dem Radio erklang schöne Weihnachtsmusik. So harmonisch, so friedlich musste Weihnachten sein, um fürs nächste Jahr Kraft zu tanken! Ein langer, gemütlicher Abend lag vor ihm. Als seine Frau ins Esszimmer kam, fragte er: „Ob mir der Weihnachtsmann wohl etwas bringt?" Sie schaute ihn erstaunt an und meinte zweifelnd: „Hast Du es vergessen? Du bist der Weihnachtsmann und solltest Dich langsam auf den Weg machen!"

„Ups!", rutschte es dem Weihnachtsmann raus, bevor er zur Arbeit ging.

Die Weihnachtsfrau

Als der Weihnachtsmann spät abends heimkam, schaute seine Frau ihn fragend an. Er begriff nicht, was sie von ihm wollte. Alles Grübeln half nichts. Was sollte dieser Blick bloß bedeuten? Merkwürdig!

Da sprach sie: „Was schenkst Du mir denn zu Weihnachten?"

Der Weihnachtsmann erblasste. Verflixt! Er hatte schon wieder ein Geschenk für seine Frau vergessen! Wie konnte er sich nur aus der Affäre ziehen? Da fiel dem alten Schlitzohr ein, dass ein Kind ihm empört ein Buch von Ludwig P. Lesi-Les nachwarf. Es musste noch im Schlitten liegen! Geschwind holte er es und sagte liebevoll: „Hier ist Dein Geschenk. Du denkst doch wohl nicht, dass ich Dich vergessen würde?"

Sie meinte ironisch lächelnd: „Das wäre nicht das erste Mal gewesen!" Einträchtig begaben sie sich ins Wohnzimmer, tranken Kakao, aßen Honigkekse und freuten sich des Lebens. Bis sie zu lesen anfingen. „Dieses Buch ist ein furchtbares Gebrabbel! Jetzt weiß ich, warum die Autorin Berta Babbelbergle heißt."

Seine Frau hingegen schleuderte Ludwig P. Lesi-Les Buch verärgert ins Eck. „Wenn es stimmt, dass die Autoren die Handlung ihrer Bücher aus ihrem Leben schöpfen, dann ist dieser hier tot!"

Gut, dass der arme Ludwig dies nicht hörte, dem dieses Weihnachtsfest ohnehin zusetzte.

Der Weihnachtsmann und seine Gattin griffen ersatzweise zu Ralf Neubohns „Krimihäppchen" und schwelgten zufrieden in dessen morbiden Morden. So schön und idyllisch kann Weihnachten sein!

Lesetipp:

Ralf Neubohn und Carmen Neubohn:
„Weihnachten und Silvester mit Flammenfeder"

Die folgenden Textproben sind von Ralf Neubohn:

Weihnachtsgeschenke

Terry feierte mit den zauberhaften Altbohns Weihnachten. Nach einem gemütlichen Beisammensein kam die Zeit der Bescherung.

Oh, war das eine Bescherung! Terry schrie empört auf: „Igitt! Bücher von Berta Babbelbergle und Ludwig P. Lesi-Les! Was soll ich damit? Die sind doch völlig unnütz!"

Doch die zauberhaften Altbohns meinten: „Das siehst Du falsch. Diese Bücher sind das ideale Geschenk."

„Was? Dieses langweilige Zeug?", fragte Terry erregt und bekam zur Antwort: „Sie sind praktisch! Als Türstopper, zum Fliegenklatschen oder wenn der Tisch mal wackelt. Mit diesen Büchern lässt sich viel Sinnvolles machen."

Zum Glück hörten Berta und Ludwig das nicht. Ich habe das Gefühl, sie wären seltsamerweise etwas enttäuscht gewesen.

Weihnachtsmelodien

Der Weihnachtsmann flog mit seinem Schlitten flott durch den Himmel. Für die imposante Geschwindigkeit sorgten 12 flinke Rentiere. Mit 12 RS konnten selbst große Strecken rasant zurückgelegt werden.

Fröhlich läuteten die Glöckchen der Rentiere, übertönten sogar das laute „Ho, Ho, Ho!" des Weihnachtsmannes deutlich.

Das Geschenkeverteilen verging wörtlich im Fluge und der Weihnachtsmann kam früh nach Hause. Die Rentiere bekamen ein veganes Büffet, während Herr und Frau Weihnachtsmann Gänsebraten aßen. Da sagte der Weihnachtsmann: „Deine CD mit Weihnachtsmusik ist sehr merkwürdig. Sie besteht nur aus Glockenläuten."

Seine Frau entgegnete: „Dir schallen noch die Glocken der Rentiere nach. Das solltest Du eigentlich noch von den letzten Jahren wissen. Es wird eine Weile dauern, bis Deine Ohren wieder davon frei sind."

„Ach", antwortete er, „das hatte ich völlig vergessen. Aber jetzt weiß ich, warum ich laufend das Gefühl habe, dass jemand an der Tür läutet."

Seine schwerhörige Frau bemerkte davon nichts, während draußen Ludwig P. Lesi-Les halb erfroren Sturm läutete. Der Arme!

Omen

Berta Babelbergle feierte in Berlin Silvester. Die riesige Party mit guter Stimmung und noch besserer Musik beeindruckte sie sehr. In gehobener Stimmung lief sie in Richtung Hotel. Eindeutig ein guter Start ins neue Jahr.

Berta glaubte fest an Omen. Sicherlich würde auf dem Weg ins Hotel ein weiteres Omen auf sie warten.

Ein Zeichen, womit sie im neuen Jahr zu rechnen hatte. Frohgemut schaute sie sich um und sah…

Ein Beerdigungsinstitut. Oh, weh!